Pompiers

Lucy M. George et AndoTwin

Texte français de Martine Faubert

Éditions
SCHOLASTIC

Frank est pompier.
Son travail est très important!

En arrivant à la caserne, il enfile sa
tenue spéciale et vérifie son équipement.

— C'est l'heure de l'exercice d'incendie, dit-il à son équipe.

Chaque pompier a une tâche particulière. Ainsi, le travail est plus efficace en cas d'urgence.

Mais soudain, l'alarme sonne.

DRRRIIIIINNGGGGGG!!!!

— Il y a un incendie à l'école primaire! annonce le répartiteur dans l'interphone.

Frank descend par le poteau.

—EN ROUTE! crie-t-il.

Et le camion démarre en trombe!

On voit des flammes et
de la fumée dans l'école!

Les enfants sont en rang dans la cour.
Les enseignants font l'appel. Ils vérifient
que tous les élèves sont là.

M. Jarry, l'enseignant en chef, montre la bibliothèque.

— L'incendie a éclaté là-haut. Tout le monde est sorti sauf Gérald, le cochon d'Inde. S'il vous plaît, essayez de le sauver!

Ils mettent leur masque
pour se protéger de la fumée.

Certains pompiers
s'occupent de brancher
les lances d'incendie
à la borne. D'autres
entrent dans l'école
par la grande porte.

Frank bondit dans la nacelle fixée au bout de l'échelle pivotante à l'arrière du camion. Elle monte dans les airs.

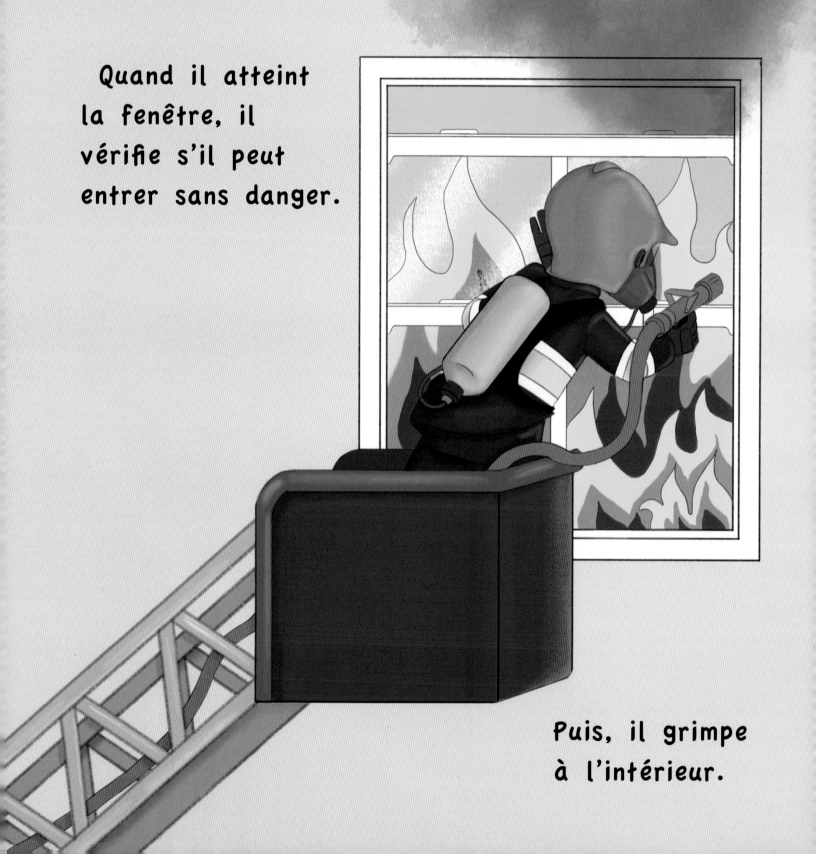

Quand il atteint la fenêtre, il vérifie s'il peut entrer sans danger.

Puis, il grimpe à l'intérieur.

Il y a beaucoup de fumée à l'intérieur. Les flammes sont rouge vif et très chaudes.

Les autres pompiers montent
par l'escalier pour aller
rejoindre Frank.

— Pointez vos lances là-bas! hurle Frank.

Toute l'équipe combat l'incendie qui fait rage.

Les enfants observent depuis la cour.
Soudain Frank apparaît à la fenêtre.

— Le feu est éteint, annonce-t-il. Et Gérald le cochon d'Inde est sain et sauf!

— Hourra! s'écrient les enfants.

Une ambulance arrive. Les secouristes
examinent les enfants et le personnel de l'école.
Heureusement, personne n'est blessé.

Les pompiers s'assurent que
l'école est sécuritaire. Ils ouvrent
les fenêtres pour faire sortir la fumée,
puis ils rangent leur équipement.

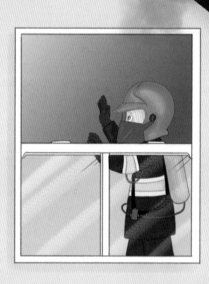
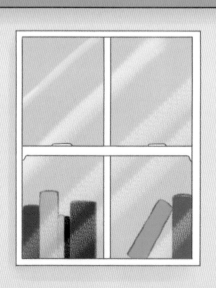

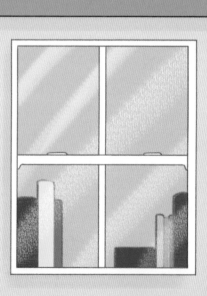

Frank est très content, car tout le monde a respecté
les consignes pendant l'incendie et personne n'a
été blessé, pas même Gérald le cochon d'Inde!

Quelques autres tâches de Frank, le pompier

Enseigner les règles de sécurité en cas d'incendie.

Vérifier le bon fonctionnement des bornes d'incendie.

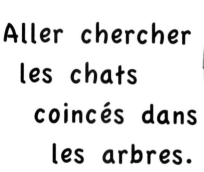

Aller chercher les chats coincés dans les arbres.

Aider les victimes d'accidents de la route.

Rester en forme et en bonne santé.

L'équipement de Frank

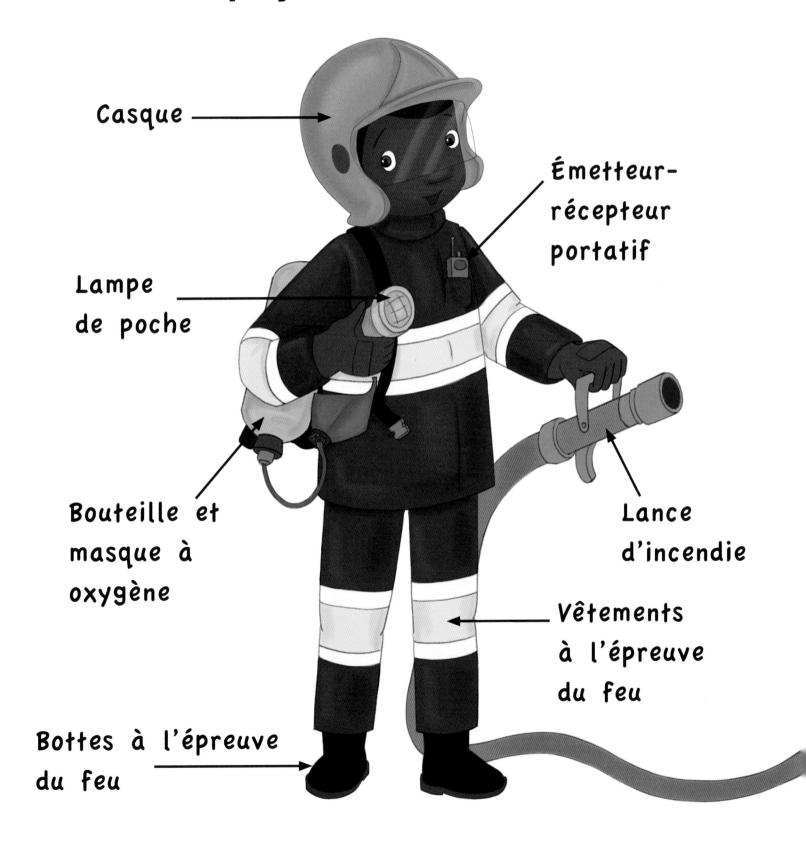

Casque

Émetteur-récepteur portatif

Lampe de poche

Bouteille et masque à oxygène

Lance d'incendie

Vêtements à l'épreuve du feu

Bottes à l'épreuve du feu

Autres métiers importants

Les pompiers travaillent avec des personnes qui ont aussi des responsabilités importantes.

Les **secouristes** aident les victimes d'accidents et les transportent à l'hôpital quand c'est nécessaire. Ils se déplacent avec de l'équipement médical et sont formés pour donner des soins d'urgence.

Les **policiers** se rendent parfois sur le site d'un incendie afin de maintenir l'ordre.

Les **réceptionnistes** répondent aux appels d'urgence (911) et transmettent aux pompiers les appels relatifs aux incendies.

Ces personnes restent parfois en ligne jusqu'à ce que les secours arrivent sur place. Elles doivent toujours rester calmes et parler clairement.

Les **répartiteurs** reçoivent les appels d'urgence et transmettent les alertes aux pompiers.

Discussion avec les enfants

Discutez des dangers d'un incendie. Pourquoi ne faut-il jamais jouer avec le feu? Tout le monde sait que le feu cause des brûlures. Mais il y a d'autres dangers en cas d'incendie, comme respirer de la fumée ou se retrouver dans le noir à cause d'une panne de courant. Les enfants peuvent-ils nommer d'autres dangers?

Demandez aux enfants s'ils ont déjà participé à un exercice d'incendie à l'école ou ailleurs. Que doit-on faire quand l'alarme sonne? Pourquoi doit-on toujours dire où on va à un enseignant ou à un autre adulte?

Les enfants ont-ils des détecteurs de fumée chez eux? À quoi servent-ils et que doit-on faire s'ils fonctionnent mal? Demandez-leur s'ils se sont déjà déclenchés.

Discutez avec les enfants des causes possibles d'un incendie à la maison ou à l'école. Que peut-on faire pour éviter les incendies?

Les enfants ont-ils déjà visité une caserne ou grimpé dans un camion de pompiers? Connaissent-ils personnellement des pompiers? Lequel des métiers mentionnés dans ce livre aimeraient-ils exercer plus tard?

Catalogage avant publication de Bibliothèque et Archives Canada

George, Lucy M.
[Firefighter. Français]
Pompiers / Lucy M. George ; illustrations d'AndoTwin ;
texte français de Martine Faubert.

(Au travail)
Traduction de : Firefighter.
ISBN 978-1-4431-4593-0 (couverture souple)

1. Pompiers-Ouvrages pour la jeunesse. I. AndoTwin, illustrateur
II. Titre. III. Titre: Firefighter. Français.

HD8039.F5G4614 2015   j363.378   C2015-902734-9

Édition publiée par les Éditions Scholastic, 604, rue King Ouest, Toronto (Ontario) M5V 1E1, avec la permission de QED Publishing.

5 4 3 2 1   Imprimé en Chine CP141   15 16 17 18 19

À mamie Wilson
- AndoTwin

À Rose et Alex
- Lucy M. George